Josef Mond

Tiefgehende Konversationensstarter für Alltagsmenschen

Josef Mond

Tiefgehende Konversationensstarter für Alltagsmenschen

Für meine Freunde, welche die Nächte mit bedeutsamen Gesprächen füllten

Bibliografische Information der Deutschen Nationalbibliothek:
Die Deutsche Nationalbibliothek verzeichnet diese
Publikation in der Deutschen Nationalbibliografie;
detaillierte bibliografische Daten sind im Internet
über http://dnb.dnb.de abrufbar.

Herstellung und Verlag: BoD – Books on Demand,
Norderstedt

ISBN: 978-3-7583-6697-0

Inhalt

Fragen Zur Eigenen Person

1. Glauben und zweifeln Sie eher an anderen Menschen oder an sich selbst?

2. Überschätzen Sie sich eher selbst oder Andere?

3. Unterschätzen Sie sich eher selbst oder Andere?

4. Ist es wahrscheinlicher, dass Sie einer Person gegenüberstehen deren Intelligenz größer als die Ihre ist, oder Andersrum?

5. Finden Sie Ihr Verhalten
menschlich?

6. Woraus schließen Sie das?

7. Würden Sie lieber auf der Stelle
Kinder bekommen, oder niemals?

8. Wo endet für Sie das Haustier und
beginnt das Essen?

9. Welches der folgenden neuen
Naturgesetze würden Sie einführen?
a. Es ist nicht mehr nötig zu schlafen
b. Es ist nicht mehr nötig zu essen
c. Es ist unmöglich zu lügen

10.   Sie müssen sich zwischen
herausragender Intelligenz oder weit

überdurchschnittlicher Dummheit
entscheiden, was würden Sie
wählen?

11.   Würden Sie lieber jede Lüge
erkennen oder mit jeder Lüge
davonkommen?

12.   Würden Sie lieber von jedem die
Gedanken lesen können, oder jeder
die Ihren?

13.   Sind Sie der, der Sie sein sollen?

14.   Sind Sie der, der Sie sein wollen?

15.   Würden Sie sich gerne an alles
erinnern können bzw. müssen?

16.   Würden Sie im Zweifel zur
Mutter oder zur Frau, bzw. zum
Vater oder zum Mann halten?

17.   Würden Sie im Zweifel zur
Mutter oder zur Schwester, bzw.
zum Vater oder zum Bruder halten?

18.   Machen Sie ihre Meinung über
andere Meinungen oder politische
Ansichten daran fest, wie hoch die
Intelligenz des Gegenübers ist?

19.   Sortieren Sie nach Wichtigkeit:
a. Glücklichkeit
b. Liebe
c. Gesundheit

20.	Was definiert für Sie ein gutes Land?

21.	Was definiert für Sie eine gute Heimat?

22.	Identifizieren Sie sich mit der Kultur Ihrer Heimat?

23.	Ist Ihr Land neutral?

24.	Sollte es neutral sein?

25.	Was halten Sie von einem verpflichtenden Grundwehrdienst?

26.	Angenommen Sie halten sich in der Regel für schlauer als ihre Mitmenschen, fühlen Sie sich deswegen besser oder schlechter?

27. Halten Sie sich selbst für
gebildet?
Wenn Ja – Stört es Sie, wenn andere
es nicht tun?

28. Was haben Ihre Eltern Ihrer
Meinung nach, bei Ihrer eigenen
Erziehung falsch gemacht?

29. Welche Beziehung pflegen Sie zu
Ihren Eltern?

30. Welche Beziehung wünschen Sie
sich zu Ihrer Tochter/Ihren Sohn?

31.   Wie wichtig ist Ihnen Stolz und
Ehre?

32.   Wie wichtig ist Ihnen der Stolz
und die Ehre Ihrer Tochter/Ihres
Sohnes?

33.   Haben Sie schon einmal in
Betracht gezogen, adoptiert zu sein?

34.   Würden Sie adoptieren?

35.   Angenommen Sie müssten jedes
Mal, wenn sie Fleisch essen wollen
das Tier selbst töten, inwiefern
würde sich ihr Fleischkonsum
ändern?

36.   Welche Bedeutung messen Sie
Ihren Träumen bei?

37.   Empfinden Sie Veränderungen
allgemein, unabhängig ob es sich
um positive oder negative
Veränderungen handelt, als etwas
Gutes?

38.   Sind Sie zufrieden mit ihrem
Alter?
Wenn nein – Wie alt wären Sie
gerne?

39.   Wie alt fühlen Sie sich?

40.   Wie oft reflektieren Sie sich
selbst und was denken Sie wie oft
sich der Durchschnittsmensch selbst

reflektiert?

41. Wären Sie lieber blind oder taub?

42. Angenommen Sie wären in der
Lage drei neue Gesetze zu
veranlassen, welche wären dies?

43. Suchen Sie die Schuld eher bei
anderen oder sich selbst?

44. Sortieren Sie nach Wichtigkeit:
a. Polizei
b. Rettung
c. Feuerwehr

45. Wenn Sie eine künstliche
Intelligenz wären, wie würden Sie

über die Menschheit denken?

46. Würden Sie sich selbst als
schaulustig bezeichnen?

47. Angenommen Sie wären das
schwarze Schaf in ihrer Familie,
ihrem Bekanntenkreis oder in ihrem
Kollegium, was würde Sie daran
eher stören?
a. Dass Sie anders sind
b. Dass die anderen anders sind

48. Möchten Sie berühmt bzw.
bekannt sein?

49. Wenn Sie hart arbeiten mussten,
um etwas bestimmtes zu besitzen,
sind Sie der Meinung, dass andere

dasselbe erleiden sollten, um
dasselbe zu besitzen?

Wenn ja – Frustriert es Sie, wenn
diese es nicht tun?

50. Würden Sie gerne als Tier
wiedergeboren werden?

Wenn ja – Als welches?

51. Angenommen Sie tun gute Taten,
aus welchem Grund?

a. Weil Sie sich für einen guten
Menschen halten

b. Um in den Himmel zu kommen

c. Um sich an schlechten Tagen daran
zu erinnern

d. Aus reiner Nächstenliebe

e. Damit Sie etwas zu erzählen haben

52.   Bereuen Sie eher ihre schlechten
Taten oder die nicht ausgeführten
guten?

53.   Angenommen Sie könnten einen
Blick in die Zukunft werfen, würden
Sie es wagen?
Wenn ja – Wie weit würden Sie in
die Zukunft schauen?

54.   Angenommen Sie wären in der
Lage entweder einen großen
Fortschritt oder einen großen
Rückschritt in der Technik und/oder
Wissenschaft herbeizuführen, für
was würden Sie sich entscheiden?

55.   Sind Sie der Meinung, dass sich
eine Biografie über ihr Leben zum

jetzigen Standpunkt lohnen würde
und bedrückt es Sie, wenn es das
nicht täte?

56.   Wieviel Schadenfreude besitzen
Sie und was denken Sie wo diese
herkommt?

57.   Sind Sie ein Katzen- oder
Hundemensch?

58.   Was denken Sie wieso?

59.   Macht Sie es wütend, wenn
andere Menschen schwerwiegende
Rechtschreib- oder Grammatikfehler
machen?
Zb. Seit/seid, das/dass, ein/eine

60.   Leben Sie, bis Sie wieder
schlafen können, oder schlafen Sie
bis Sie wieder leben können? (Im
Regelfall)

Gott, Religion, Tod

1. Glauben Sie an das Übernatürliche und/oder an Gott?

2. Was ist Ihre Meinung zum Epikur Paradoxon[1]?

3. Hat Gott Humor?

4. Angenommen Sie wären Gott, würden Sie alles Bösartige auf der Welt entfernen?

5. Entsteht Ihre Weltperspektive durch Ihren Glauben oder Ihr Glaube durch Ihre Weltperspektive?

---

[1] Seite 60

6. Werden mehr Menschen in
   Fußballvereine oder in Religionen
   hineingeboren?

7. Sortieren Sie nach Wichtigkeit:
a. Körper
b. Seele
c. Geist

8. Einer der folgenden Bestandteile
   muss verschwinden, welcher?
a. Körper
b. Seele
c. Geist

9. Würden Sie eine von folgenden
   zwei Menschenarten als „blind"
   bezeichnen?
a. Strenggläubige

b. Atheisten

10. Sind Sie für die Todesstrafe?
Wenn ja – Was gibt Menschen das
Recht über andere ihresgleichen zu
urteilen?
Wenn nein – Und wenn es sonst
keiner tut?

11. Angenommen Sie wären Gott
würden Sie die Todesstrafe unter
Menschen gutheißen?

12. Sollten sich die Menschen dem
Tod mehr bewusst sein?

13. Unwissenheit schützt vor Strafe
nicht. Was denken Sie wie Gott im

Bezug darauf urteilt?

14.   Was bindet mehr Menschen an
die Religion – Angst oder Glaube?

15.   Glauben Sie an eine Hölle?
Wenn ja – Wie stellen Sie sich diese
vor?

16.   Gesetz dem Fall es gibt Geister,
wären sie dann gerne einer nach
ihrem Tod?
Wenn ja - Wie lange?

17.   Wie, wann und wo würden Sie
am liebsten sterben?

18.   Mit wem würden Sie am liebsten
sterben?

a. Mit Ihren Nachkommen

b. Mit Ihren Eltern

c. Mit Ihrer Geliebten

d. Mit Ihren Freunden

19.   Ist es Ihnen wichtig, was Sie nach
dem Tod hinterlassen?

20.   Was möchten Sie, dass folgende
Menschen an Ihrem Grab über Sie
sagen?

a. Mutter

b. Vater

c. Schwester

d. Bruder

e. Freunde

f. Partner

21.   Stört es Sie, wenn diese es nicht
tun?

22.   Gibt es ein Leben nach dem Tod?
Wenn ja – Wie könnte es aussehen?

23.   Haben Sie mehr Angst vor dem
Tod oder dem Sterben?

Emotionen, Moral, Charakter

1. Welches der folgenden Gefühle ist angeboren?

a. Egoismus

b. Eifersucht

c. Mitgefühl

2. Welches Gefühl kann das größte Ausmaß annehmen?

a. Liebe

b. Hass

c. Rache

3. Was ist die todbringendste Emotion?

a. Liebe

b. Hass

c. Trauer

d. Eifersucht

e. Naivität

4. Eine Emotion muss für immer
verschwinden, welche?

a. Freude

b. Trauer

c. Liebe

d. Hass

e. Empathie

5. Gibt es inneren Frieden?

6. Muss man sich Sisyphos glücklich
vorstellen?

7. Nach welchen Prinzipien leben Sie
und was denken Sie wie diese

zustande kamen?

8. Lohnt es sich sein Leben moralisch
zu leben?

9. Ist Mitleid etwas Gutes für einen
selbst oder für den zu
Bemitleidenden?

10.   Ist der mitleidigste Mensch der
beste Mensch?

11.   Was genau definiert den
Unterschied zwischen einsam und
allein?

12.   Gibt es bedingungslose Liebe?
Wenn ja – Von wem kann man

bedingungslose Liebe erwarten?

13. Welches ist das mächtigste
     Medium, um Gefühle zu
     auszudrücken?
a. Bücher
b. Filme
c. Fotos
d. Sprache

14. Kann man mehr als einen
     Menschen auf die gleiche Art
     lieben?

15. Ist Liebe lehr- oder lernbar?

16. Ist im Krieg und in der Liebe
     alles erlaubt?

17.   Ist Moral, wie das Wissen über
richtig und falsch angeboren oder
angelernt?

18.   Wenn Sie mit angelernt
geantwortet haben – Können
Menschen verurteilt werden, denen
es falsch angelernt wurde?

19.   Wenn Sie mit angeboren
geantwortet haben – Ist Moral
überhaupt lehr- oder lernbar?

20.   Wer bestimmt die Definition und
das Ausmaß von Moral?

21.   Ist es moralisch rechtfertigbar
von Dieben zu stehlen?

22.   Wie ist es moralisch
      rechtfertigbar über die Grausamkeit
      der Welt im Bilde zu sein und
      trotzdem Kinder in die Welt setzen
      zu wollen?

23.   Ist es wichtiger zu lieben oder
      geliebt zu werden?

24.   Verrät der Humor etwas über den
      Charakter?

25.   Verrät die Abwesenheit des
      Humors etwas über den Charakter?

26.   Ist der Charakter angeboren oder
      entsteht er durch sein Umfeld?

27. Können Menschen sich ändern?

28. Ist der Mensch dazu im Stande
sein Grundgerüst, sprich tiefste
Verlangen sowie die erste Reaktion
in einer Notfallsituation, wahrhaftig
zu ändern?

29. Hätten Sie gerne einen anderen
Charakter?

30. Ist die Menschheit zur
Doppelmoral verdammt?

Freundschaft, Beziehung

1. Kann man wahrlich mit jemanden befreundet sein dessen politische Ansichten oder Essgewohnheiten man nicht teilt, oder würde der eine den anderen stets verurteilen?

2. Wie sehr verändern Sie sich in der Anwesenheit der folgenden Personen:
   a. Eltern
   b. Eltern eines Freundes
   c. Eltern des Partners
   d. Freunde
   e. Bekannte
   f. Verwandte
   g. Fremde junge Personen

h.   Fremde gleichaltrige Personen

i.   Fremde alte Personen

j.   Professoren/Lehrer

3. Die Katze eines kleinen Mädchens
   wird vermisst. Einer deiner besten
   Freunde hat die Katze gefunden und
   behält sie, weil er sie für seine
   verstorbene Mutter hält. Das
   Mädchen ist furchtbar traurig,
   während dein Freund überglücklich
   ist. Überwiegt die Freude deines
   Freundes die Moral, die
   menschliche Vernunft und die
   Trauer eines unschuldigen
   Mädchens?

4. Sie selbst befinden sich nun in der
   Situation des Freundes (halten die

vermisste Katze für ihre verstorbene Mutter). Was würden Sie von Ihrem Freund erwarten?

5. Ist es möglich jemanden wahrhaftig zu kennen, oder wird für immer ein selbsterschaffenes Bild des Gegenübers in einem existieren?

6. Würden Sie behaupten Sie kennen Ihre Freunde?

7. Existiert aufrichtige, tiefgehende Freundschaft zwischen Mann und Frau?

8. Existiert aufrichtige, tiefgehende Freundschaft zwischen Jungen und

Mädchen?

9. Sollten wahre Freunde alle
Geheimnisse voneinander wissen?
Wenn ja – Wieso?
Wenn Nein – Wieso sollten
innerhalb einer wahren Freundschaft
bestimmte Details/Erlebnisse
unbekannt bleiben?

10.   Wie aufrichtig sollte man zu
Freunden sein?

11.   Wie viele Freunde haben Sie
verloren und warum?

12.   Was ist die größte Gefährdung
der Freundschaft?
a. Geld borgen

b. Das andere Geschlecht

c. Aufrichtigkeit

13.   Was würden Sie einem Freund
nicht verzeihen?

a. das Auspannen einer Frau/eines
Manns

b. Wenn er nicht dieselben Menschen
wie Sie hasst

c. Kritikunfähigkeit

d. Lügen Ihnen gegenüber

e. Wenn er seinen Partner betrügt

f. Wenn er nicht so über Sie denkt, wie
Sie es gerne hätten

14.   Haben Sie Feinde?
Wenn ja – Wie viele und warum?

15.   Wie viele wahre Freunde haben
Sie derzeit?

16.   Von wem würden Sie am ehesten
Ratschläge annehmen?
a. Eltern
b. Freunde
c. Partner

17.   Sind die Menschen für die
Monogamie oder Polygamie
gemacht?

18.   Muss es in einer Beziehung einen
geben der das Sagen hat?

19.   Würden Sie sich für den richtigen
Partner ändern, oder ist es nicht der
richtige Partner, wenn Sie sich

ändern müssten?

20. Was unterscheidet eine Ehe von
einer festen Beziehung?

21. Gesetz den Fall Sie sind noch
nicht vermählt, was soll Ihre
Traumfrau/Ihr Traummann Ihnen
bieten können und was wollen Sie
Ihr/Ihm bieten können?

22. Wie wollen Sie als
Schwiegereltern sein?

23. Was empfinden Sie als äußerst
maskulin bzw. feminin?

24. Ihre Frau ist gerade dabei ihr
Kind zu gebären. Durch einen

unglücklichen Zwischenfall kann
nur einer der beiden überleben, wen
würden Sie wählen – Ihre Frau oder
Ihr Kind?

25. Nun befinden Sie sich in der
Lage der Frau. Was würden Sie von
Ihrem Partner erwarten zu wählen?

26. Liebt einer der Partner mehr als
der andere?

27. Lieben Männer und Frauen
gleich?

28. Wie lang ist die gesellschaftlich
erwartete Zeit, die man abzuwarten
hat, bis man nach dem Ende einer
Beziehung eine neue anfangen darf?

29.   Sollte das Heiraten von mehreren
Personen erlaubt sein?

30.   Sollte man Geschenke vom Ex-
Partner aufbewahren, wenn man
eine neue Beziehung eingeht?

31.   Sollten Schüler und Lehrer eine
Beziehung wie Aristoteles und
Platon, sprich der Lehrer lehrt und
der Schüler kritisiert, haben?

32.   Sind Kindern ihren Eltern etwas
schuldig?

33.   Würden Sie Ihr Kind schlagen?

34.   Beantworten Sie diese Fragen
      ehrlich?

35.   Was würden Sie davon halten,
      wenn ihr Kind seine Kinder schlägt?

36.   Gesetz dem Fall Sie haben bereits
      Kinder – Denken Sie Ihr Sohn/Ihre
      Tochter wird ein besserer Vater/eine
      bessere Mutter als Sie es sind?

37.   Was wünschen Sie Ihren
      Kindern, was auf Sie nicht zutrifft?

38.   Was wünschen Sie Ihren Kindern
      nicht, was auf Sie zutrifft?

39.	Wann wären Sie nicht stolz auf
Ihre Kinder?

40.	Wie reden Sie mit Geschwistern?
a.	auf Augenhöhe
b.	von oben herab
c.	von unten hinauf

41.	Person A rettet Person B, bringt
es die beiden näher zusammen oder
entfernt es sie weiter voneinander?

Sonstiges

1. Sind Mitläufer etwas Schlechtes?

2. Gibt es den freien Willen?

3. Gibt es das Schicksal?

4. Ist eine Koexistenz von Schicksal und freien Willen möglich?

5. Verdient jeder eine zweite Chance? Wenn nein – Wer nicht?

6. Inwiefern beeinflussen folgende Umstände unsere subjektive Wahrnehmung der Welt?
a. Kulturelle
b. Religiöse

c. Umfeldbedingte

7. Ist der Zufall absolut fair?

8. Was ist wichtiger - Absicht oder
   Resultat?

9. Welche der folgenden Theorien über
   Déjà-vus halten Sie für
   wahrscheinlich?
a. Erinnerungsthese (Sie haben eine
   ähnliche Situation bereits erlebt)
b. These der zufälligen
   Fehlzündung/Gedächtnistäuschung
   (das Gedächtnissystem ist aus dem
   Gleichgewicht geraten und es wird
   Einem Vertrautheit vorgegaukelt)
c. Wahrnehmungsthese (Sie nehmen
   Situationen zunächst unbewusst

wahr, die aber erst ins Gedächtnis
gelangen, wenn Ihnen etwas
ähnliches passiert)

10.   Glauben Sie eher an das Gute
oder an das Schlechte im
Menschen?

11.   Ein Schiff sinkt. In welcher
Reihenfolge sollten die folgenden
Personen gerettet werden?
a. Männlich, 82
b. Weiblich, 16
c. Männlich, 14
d. Weiblich, 75
e. Männlich, 35
f. Weiblich, 34

12.	Welche politischen und
zivilbedingten Folgen hätte ein
Besuch von Außerirdischen?

13.	Bestätigen Ausnahmen die
Regel?

14.	Können Träume die Zukunft
vorhersagen?

15.	Wenn man alle Teile eines Bootes
nach und nach austauscht, ist es
immer noch dasselbe Boot? Wenn
nicht, ab dem wievielten Teil wurde
es zu einem anderen?

16.	Ist es besser jemanden eine
falsche Wahrheit glauben zu lassen
oder ist es im Sinne der Menschheit

jeden auf die allgemeine Wahrheit
hinzuweisen?

17.   Ist die Wahrheit subjektiv oder
objektiv?

18.   Gibt es Ausnahmen?

19.   Warum wird es nicht toleriert
etwas nicht zu tolerieren, was von
der allgemeinen Gesellschaft
toleriert wird?

20.   Wäre es besser in einer Welt ohne
Kritik, negativen und abwertenden
Meinungen zu leben?

21.   Ist Kritik hilfreich oder formt sie
den Kritisierten zu einer des

Kritikers angepassten Form?

22.   Sind Gedanken frei oder Sklaven
der Umstände?

23.   Wer hat es schwerer, Männer
oder Frauen?

24.   Wer hat es schwerer, Jungen oder
Mädchen?

25.   Um was beneiden Sie das andere
Geschlecht?

26.   Mit welchen Menschen lohnt es
sich nicht/am wenigsten zu
diskutieren?
a. Atheisten
b. Strenggläubigen/Geistlichen

c. Kritikunfähigen

d. Rechthaberischen

e. Dummen

f. Intelligenten

27.   Unterteilen Sie die unten angeführten Personengruppen in folgende zwei Gruppen:
Welche, mit denen es <u>amüsant</u> ist zu diskutieren
Welche, mit denen es <u>mühsam</u> ist zu diskutieren

a. Alten

b. Jungen

c. Rechtsextremen

d. Linksextremen

e. Radikalfeministen

f. Pseudopsychologen

g. Logiker

h. Verschwörungstheoretiker

28. Welche politische Ideologie ist
die Bessere, in der Theorie sowie in
der Praxis?
a. Kommunismus
b. Kapitalismus

29. Wenn man seine eigene Zukunft
kennt, führt das unvermeidlich zu
einer anderen?

30. Gibt es Schicksalsschläge?

31. Laufen Menschen, die sich gut in
andere hineinversetzen können,
Gefahr diese zu manipulieren?

32. Ist die Manipulation von anderen
zu eigenen Gunsten, ohne dass der
Manipulierte davon Schaden oder
Kenntnis nimmt, moralisch
rechtfertigbar?

33. Ist die Digitalisierung unser
Feind oder Freund?

34. Verändert Geld Menschen oder
holt es den wahren Kern aus ihnen
heraus?

35. Gibt es Menschen, die der Macht
des Geldes entrinnen können?
Wenn ja - Wie wurden diese zu
jenen, oder ist eine Unabhängigkeit
von Geld angeboren?

36.   Hätten Sie gerne mehr Geld?

37.   Ist der Humor wahrlich
grenzenlos?

38.   Sind Männer und Frauen
vergleichbar?

39.   Sind alle Menschen gleich viel
wert?

40.   Was ist besser: Ein gewisses
Grundvertrauen oder ein gewisses
Grundmisstrauen in den Menschen?

41.   Macht Arbeit frei?

42. Nenne Sie eine schöne und eine
hässliche Sache am Älterwerden.

43. Ordnen Sie die unten angeführten
Verschwörungstheorien nach
folgenden Kriterien:

*1 = wäre <u>nicht schlimm</u> wenn es
wahr wäre*

*5 = wäre <u>sehr schlimm</u> wenn es
wahr wäre*

a. Reptiloide sind unter uns

b. Die Erde ist eine Scheibe

c. Weltjudentum

d. Chemtrails dienen zur
Gedankenkontrolle

e. Die Mondlandung war inszeniert

44. Macht der Fakt, dass andere
leiden, das eigene Leiden

erträglicher?

45.   Wenn Sie ein Essen nur mit Soße
mögen, mögen Sie dann wirklich
das Essen?

46.   Ist Unwissenheit ein Segen?

47.   Ziehen sich Gegensätze an?

48.   Heiligt der Zweck die Mittel?

49.   Zählt der Wille?

50.   Ist Abtreibung Mord?

51.   Was ist das Antonym von Blume?

52.   Warum werden schöne Menschen
bevorzugt behandelt?

53.   Es ist möglich einen Frosch so
langsam zu kochen, dass er bei
lebendigem Leib verbrennt, ohne es
zu merken. Mit welcher
menschlichen Situation lässt sich
das vergleichen?

54.   Warum ist der Mensch aus
philosophischer Sicht ein
Gewohnheitstier?

55.   Wie weit liegen Genie und
Wahnsinn beieinander/auseinander?

56.   Ist es möglich alle Taten in
schwarz und weiß zu kategorisieren

oder gibt es Taten die man als grau
gruppieren muss?
Wenn ja – Welche Taten fallen in
eine Grauzone und warum?

57.   Lässt uns kranke Menschen zu
sehen gesünder fühlen?

58.   Lässt uns unmenschliches zu
sehen, menschlicher fühlen?

59.   Was ist zerbrechlicher?
a. Seele
b. Körper

60.   Gibt der Klügere nach?

61.   Wen oder Was würden Sie als
Wolf im Schafspelz bezeichnen?

62.   Wer ist in der Regel glücklicher –
Reiche oder Arme?

63.   Kann man böse geboren werden?

64.   Was definiert den Unterschied
zwischen Kameradschaft und
Freundschaft?

65.   Warum spricht man nicht über
Geld?

66.   Warum wird Frieden mit Krieg
erzwungen?

Anhang

Das Epikur Paradoxon beschäftigt sich mit dem logischen Problem des Bösen, während auch ein allmächtiger, allwissender und allgütiger Gott existiert.

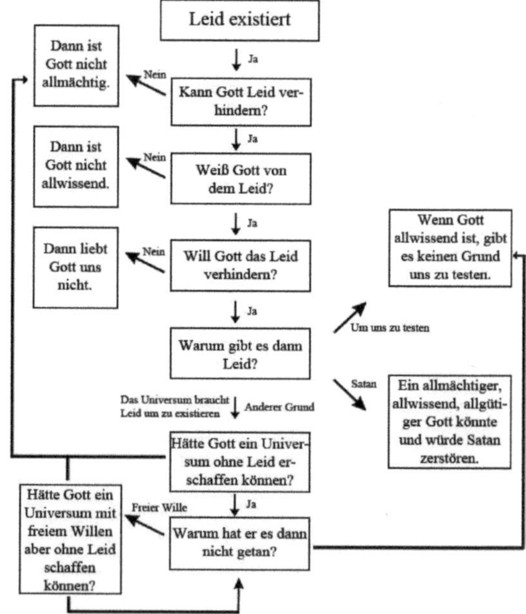